VENTE DU VENDREDI 4 DÉCEMBRE 1868

SALLE N° 5

Collection d'un Amateur étranger

OBJETS D'ART

ET DE

CURIOSITÉ

EXPOSITION PUBLIQUE
Le Jeudi 3 Décembre 1868

Me CHARLES OUDART	M. ÉMILE BARRE
COMMISSAIRE-PRISEUR	EXPERT
Boulevart des Italiens, 26.	rue de la Chaussée-d'Antin, 26.

PARIS — 1868

RENOU & MAULDE
IMPRIMEURS DE LA COMPAGNIE DES COMMISSAIRES-PRISEURS
Rue de Rivoli, 144.

CATALOGUE

DES

OBJETS D'ART

ET DE

CURIOSITÉ

Orfèvrerie du XVIe siècle, Vitraux, Ivoires, Verres de Venise
Groupes en ancienne porcelaine de Saxe
Faïences italiennes et hongroises, Grès allemands et des Flandres
Meubles en ébène, Ivoire et Écaille du XVIe siècle

TAPISSERIES ANCIENNES

Composant la Collection d'un Amateur étranger

DONT LA VENTE AUX ENCHÈRES PUBLIQUES AURA LIEU

HOTEL DROUOT, SALLE N° 5

Le Vendredi 4 Décembre 1868

A DEUX HEURES

Par le ministère de Mᵉ **CHARLES OUDART**, Commissaire-Priseur,
boulevart des Italiens, 26,
Assisté de M. **ÉMILE BARRE**, Expert, rue de la Chaussée-d'Antin, 20.
CHEZ LESQUELS SE DISTRIBUE LE PRÉSENT CATALOGUE.

EXPOSITION PUBLIQUE

Le Jeudi 3 Décembre 1868, de 1 heure à 5 heures

PARIS
RENOU & MAULDE
IMPRIMEURS DE LA COMPAGNIE DES COMMISSAIRES-PRISEURS
Rue de Rivoli, 144

1868

CONDITIONS DE LA VENTE

Elle sera faite au comptant.

Les Acquéreurs paieront CINQ POUR CENT en sus du prix d'adjudication.

L'Exposition mettant le public à même de se rendre compte de l'état des Objets, il ne sera admis aucune réclamation une fois l'adjudication prononcée.

DÉSIGNATION

OBJETS D'ORFÈVRERIE

1 — Vidrecome en vermeil repoussé, couvercle surmonté d'une figurine ciselée; travail du XVIe siècle. (Poids : 340 gr.)

2 — Autre, même époque, en forme de Pomme de pin: le couvercle est orné d'un personnage dansant. (Poids : 325 gr.)

3 — Chope à anses en vermeil repoussé, avec décor de fleurs, travail du XVIe siècle. (Poids : 454 gr.)

4 — Autre, même époque, avec inscription et légende. (Poids : 306 gr.)

5 — Grand Gobelet en vermeil, avec médaillon de figures en relief, représentant les empereurs d'Allemagne au XVIe siècle. (Poids : 301 gr.)

6 — Gobelet-coupe, avec couvercle surmonté d'une figure de guerrier, même époque. (Poids : 230 gr.)

7 — Petit Bas-relief en bronze repoussé et doré, travail italien du XVIe siècle, d'une finesse et d'une puissance rares. Il représente une Madone sur un trône, entourée de divers saints en pied, en haut-relief. Au fond, des emblèmes païens, et au pied du trône, des enfants faisant battre des coqs.

7 *bis* — Autre Bas-relief, même travail et même époque, pouvant faire pendant au précédent. Le sujet est *la Flagellation*, sous un portique italien. Il porte le nom de l'artiste et est signé : OPERÆ MODERNI.

IVOIRES

7 *ter* — Triptyque sculpté, travail italien du XVIe siècle.

8 — Petit Coffret italien en ébène, avec incrustation d'ivoire teinté.

VITRAUX DITS VITRAUX SUISSES

9 — Deux vitraux du XVIe siècle, formant pendant, avec personnages (femmes et lansquenet). Trois femmes appuyées sur des armures.

10 — Deux autres, même époque et même genre de décor. Une femme offrant à boire à un hallebardier; le second, même genre de scène populaire.

11 — Deux autres, même époque, plus grands, avec personnages recouverts d'armes et armoiries, l'une fleurdelysée, l'autre au double aigle.

12 — Deux grands Vitraux à quatre médaillons, avec personnages et armoiries.

13 — Deux autres, petits personnages accompagnés d'armoiries.

14 — Vitrail représentant trois hallebardiers.

15 — Vitrail avec Enfants et Animaux.

VERRES DE VENISE

16 — Deux grands Verres à pied, décorés de fleurs de couleurs.

17 — Deux Bouteilles, même genre.

ANCIENNES PORCELAINES DE SAXE

18 — Groupe de quatre figures représentant le *Triomphe de Silène.*

19 — Groupe de deux figures, *Allégorie de la Musique.*

20 — Grande Statuette représentant *Mercure.*

21 — Autre Statuette, *Allégorie de la Force.*

22 à 25 — Sept Statuettes, sujets divers.

GRÈS ALLEMANDS & DE FLANDRE

26 — Gourde à vin, avec anses, en grès allemand émaillé en couleur. Décor de personnage et de fleurs en relief. Sur chaque face de la gourde sont trois sujets représentant : celui du bas, *Lucrèce*; celui de droite, *Samson et Dalila*; et celui de gauche *Calvin*. Autour du col est une banderolle blanche avec légende gothique.

27 — Grande Cruche en grès allemand, avec la panse garnie de sujets en haut-relief, émaillés. Sujets guerriers et religieux très-curieux. — Monture en étain. *Pièce remarquable.*

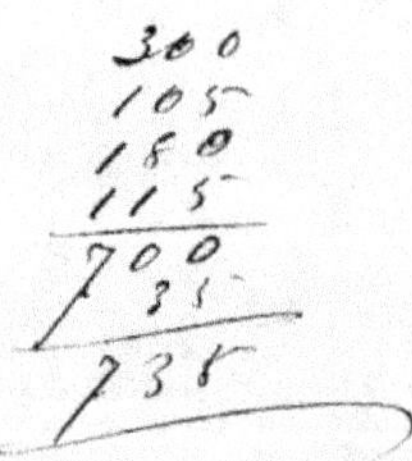

28 — Grande Pinte en grès allemand, du XVIe siècle, avec personnages mythologiques en haut relief. — Monture en étain. (*Très-belle pièce.*)

29 — Très-belle Buire en vieux grès de Flandre, émaillé bleu, décoré de figures et d'arabesques.

30 — Chope en vieux grès de Flandre, avec personnages et inscriptions. — Émail bleu.

31 — Chope en gros minerai, avec figure en relief et couvercle formé par un animal fantastique.

32 et 33 — Deux Brocs à anses, en grès émaillé, datés 1677.

34 — Plat en grès allemand, représentant *la Fortune.*

35 — Autre plat en grès allemand, décoré d'armoiries.

FAIENCES ITALIENNES

36 — Très-belle plaque en haut relief, en ancienne faïence de FAENZA; le haut représente *un Berger gardant son troupeau*, et le bas, la *Naissance de l'Enfant Jésus*, avec inscription. — Cadre sculpté.

37 — Deux Vases de FAENZA, à anses formées par des cariatides. — Décor d'arabesques avec médaillons.

38 — Deux autres, plus grands, de même forme et de même fabrique, avec anses formées par des serpents enroulés.

38 *bis* — Un grand Vase FAENZA, décoré de personnages et ornements. — Couvercle en bois doré.

39 — Grande Aiguière et son plateau en ancienne faïence de FAENZA, décor d'arabesques raphaélesques.

40 et 41 — Deux Vases à piédouche et à godrons, avec figures dans l'ombilic, ancienne fabrique de Faenza.

42-43 — Deux autres, même forme et même fabrique.

44 — Bénitier orné de figures en relief, même fabrique.

45 — Petite Plaque de Faenza, avec décor en relief, représentant la *Vierge* et l'*Enfant Jésus*.

46 — Plaque de Faenza, décor camaïeu bleu ; sujet de Paysage avec figures.

47 — Deux Brocs à bec, avec couvercle, en faïence ancienne de Faenza, décor de fleurs.

47 *bis* — Très-beau Plat d'Urbino, du XVIe siècle, avec sujet représentant *Adam et Eve mangeant la pomme*. — Cadre ancien en bois sculpté et doré.

48 — Autre Plat de même fabrique et de même époque, avec sujet représentant *la Célébration du Sabbat*. — Cadre doré ancien.

49 — Autre Plat idem : *Sujet mythologique*.

50 — Autre Plat idem : *La Chute de Troie*.

51 — Autre Plat idem : au centre, le portrait de *Bradamante;* avec inscription.

52 — Autre Plat idem : au centre, le portrait de *Portia*.

53 — Deux Bouteilles de même fabrique décorées de trophées de musique.

54 — Porte-Bouquet en ancienne faïence de Pesaro, formé par une tête de mort, avec monture en bois sculpté. — *Pièce très-curieuse*.

55 — Grand et beau Plat du XVIe siècle, fabrique de Pesaro; sujet : *La Charité*.

56 — Autre idem; sujet : *Judith tenant la tête d'Holopherne.* (*Remarquable.*)

57 — Plat de Gubbio, à reflets métalliques; décor de palmettes.

58 — Vase en forme de pomme de pin, en ancienne faïence de Gubbio, à reflets métalliques.

59 — Plat à piédouche et à reflets métalliques, en ancienne faïence de Gubbio.

60-61 — Deux Plats de Gubbio, avec armoiries dans l'ombilic, les bords décorés de trophées.

62 — Deux Bouteilles en faïence de Savone, avec décor de figures.

63 — Plat en faïence de Trévise, avec décor de fleurs en relief.

64 — Deux Cornets en ancienne faïence de Castel-Durante, avec décor de figures et de trophées.

65 — Plat en ancienne faïence de l'Ile de Candie; décor de fleurs et d'arabesques.

65 *bis* — Un autre plus petit, même fabrique.

66 — Petit Vase à panse aplatie et à quatre anses, à reflets métalliques et à raies bleues.

67 — Très-beau Plat hispano-arabe, décor d'arabesques avec armoiries au centre.

68 — Petite Coupe hispano-arabe, à reflets dorés.

---

69 à 73 — Cinq Chopes en faïence allemande, à armoiries et personnages, avec couvercles en étain, gravés.

FAIENCES HONGROISES

74 — Broc décoré de fleurs et d'animaux, avec légende et emblèmes de corporation.

75 — Autre, même genre et même décor,

76 — Autre, avec sujet biblique.

77 — Autre, plus petit, avec cadran et aiguille sur la panse.

78 — Autre, plus petit, avec sujet : *Le Joueur de cornemuse*.

79 — Plat avec légende et emblèmes de corporation.

80 — Autre, même genre et même décoration.

81-82 — Deux autres, décorés de personnages.

83-84 — Deux Plaques avec sujets représentant des cavaliers.

85-86 — Deux autres Plaques, sujets militaires.

87 — Grande Plaque avec bordure en relief et légende; au milieu, un sujet biblique. 37

MEUBLES ANCIENS

88 — Très-riche Meuble-Cabinet à tiroirs, en écaille de l'Inde, avec incrustations de nacre gravée. Époque Louis XIII. Cabinet intérieur en glaces.

89 — Bureau en ébène, avec plaques en ivoire très-finement gravées, représentant des sujets d'après Callot. — Travail italien du XVIe siècle.

90 — Cabinet en ébène avec plaques en marbre roux figurant des paysages. — Travail italien ancien.

91 — Meuble formant bureau et médaillier en ébène, avec incrustations d'ivoire gravé.

92 — Très-belle Tab[illegible] en *certosina*,

93 — Quatre Chaises, même travail.

94 — Très-belle Table en ébène, avec incrustations d'ivoire gravé. Au milieu, une grande Plaque d'ivoire représentant : *L'Aurore du Guide*, très-finement gravé.

95 — Deux grandes Chaises, même travail.

96-97 — Deux petites Tables orientales en bois de fer incrusté de nacre et d'écaille.

98 — Petit Cabinet ébène et ivoire, époque Louis XIII.

99 — Autre, même genre, en *certosina*. — Travail italien du XVIe siècle.

TAPISSERIES ANCIENNES

100 — Plusieurs belles Tapisseries anciennes.

RENOU et MAULDE, Imprimeurs de la Compagnie des Commissaires-Priseurs, rue de Rivoli, 144. 19556

90 ✓
40 ✓
30 ✓
40 ✓
1.20

3.20
3.20
6.40

7.46
9
67.14

RED. :

19

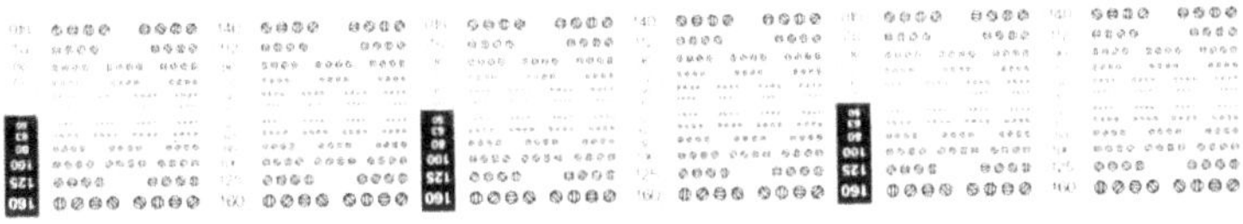

www.ingramcontent.com/pod-product-compliance
Lightning Source LLC
LaVergne TN
LVHW021904180726
843502LV00008B/2864

* 9 7 8 2 3 2 9 2 4 3 8 0 1 *